Ulrich Schaffer
Höre auf dein Leben

Höre auf dein Leben

Ein Imperativ als Buchtitel? Rilkes Zeile »Du mußt dein Leben ändern« hat mich tief berührt, als ich sie das erste Mal las. Vielleicht, weil sie von einem Dichter, einem Lyriker kam und nicht von dem Vertreter irgendeiner Religion oder Ideologie. Und sie hat mich auch berührt, weil hier ein Schriftsteller, der aufs Intensivste seiner Kunst ergeben war, sich nicht dahinter, nicht hinter seinen Worten versteckte. Er scheute sich auch nicht vor der Einfachheit dieser Aussage. Er hatte den Mut, diese schlichten Worte zu sagen und damit ein Gedicht aus dem Leben ins Leben sprechen zu lassen. Gedruckte Gedichte und Texte sind Kommunikationen. Sie wollen kommunizieren. Gibt es etwas Treffenderes und Trefflicheres als mitten in das Leben eines Menschen hinein zu sprechen? – nicht besserwisserisch, nicht fordernd und predigend, wohl aber bewußtmachend und vorsichtig ermunternd? So verstehe ich die Gedichte dieses Bandes. Ich weiß nicht, was für die Leserin oder den Leser das Richtige ist und wohin sich das Leben des einzelnen verändern sollte. Ich weiß auch nicht, auf was der einzelne hören sollte. Ich kann nur beschreiben, immer wieder anders, auf was ich höre und was mir wichtig erscheint.

Der Titel dieses Bandes ist eine Zeile des amerikanischen Schriftstellers Frederick Buechner. Unser Leben redet. Es will uns etwas sagen. Aber wir sind uns selbst nicht wichtig genug. Wir schämen uns vor uns selbst. Wir stapeln tief. Aber die ganze Zeit redet unser Leben weiter. Vielleicht spricht es dann durch den Körper, oder durch unsere Träume. Vielleicht gibt es eine Sehnsucht in uns, die uns in eine Heilheit führen würde, wenn wir sie hören könnten, aber wir hören sie nicht. Aus vielen Gründen sind wir taub. Wir meinen, wenn wir auf Gott hören, dürften wir nicht auf uns selbst hören; als wäre nicht der tiefste Wunsch des Menschen immer die Rückkehr zum eigenen Ursprung. Wir hören nicht, weil wir uns verachten, als würden wir durch diese Selbstverachtung von uns selbst wegkommen. Wir sind taub, weil wir uns für das schämen, was wir hören könnten.

Es gibt auch ein Hören auf das, was außerhalb von uns ist. Aber es steht nie im Gegensatz zu dem Auf-uns-selbst-Hören. Beides gehört unzertrennlich zusammen. Wenn ich nur auf mich höre, werde ich mich verirren in den Labyrinthen meines Selbst. Nach innen und nach außen zu hören, schafft eine Stereophonie – wir entdecken uns in unserer Dreidimensionalität. Darum weiß, wer sich selbst nicht hört, wer nicht auf das eigene Leben achtet, nicht recht, wo er oder sie in der Welt steht. Nicht auf uns selbst zu hören, macht auch das, was wir um uns hören, monophon. Wir verlieren nicht nur die Botschaften von, über und für uns selbst, sondern wir reduzieren auch alles sonst Gehörte dadurch. Das Leben wird seltsam vordergründig, und ihm fehlt die Tiefe.

Sich selbst und das eigene Leben zu hören, ist darum der Anfang für ein Hören der Welt. Das Ohr, das wahrhaft nach innen gerichtet ist, hört im selben Moment auch nach außen besser. Wer über sich selbst weise wird, wird weise über die Welt. Wer sich selbst lieben lernt, mit allen Fehlern, in aller Vorläufigkeit und Unvollkommenheit, wird in anderen Menschen und Abläufen immer wieder sich selbst entdecken und darum andere in ihrer Unvollkommenheit lieben lernen.

Diese Gedichte sind Ausdruck eines solchen Hörens – meines Hörens. Ich behaupte nicht, daß das Gehörte für alle wichtig ist. Das müssen die Leserin und der Leser selbst feststellen.

Auch nach Tausenden von Gedichten, die ich im Laufe von 35 Jahren geschrieben habe, gibt es kaum einen so spannenden Moment in meinem Leben, als wenn ich wieder einmal überrascht werde von dem, was mein Leben zu sprechen versucht. Ich merke dann, wie ich unendlich viel mehr bin, als das, was ich von mir weiß und kenne – ich bin angeschlossen an das Transzendente, an das Göttliche, an die Raum- und Zeitlosigkeit. Ich bin verwandt mit dir, mit dem Baum, mit dem Stern, mit jener Theorie und diesem Gefühl. Ich trage in mir ein Universum.
Darum ist dies alles andere, als ein Drehen um das eigene, kleine Leben: es ist das Offenwerden für die Welt in ihrer ganzen Differenziertheit. Ich bin nicht nur ich, sondern auch gleichzeitig die Tür zur Welt. Durch mich betrete ich die große Welt, oder durch mich verschließe ich mir die Welt.
Höre auf dein Leben – es ist deine Tür zur Welt.

Ulrich Schaffer

Burnaby im August 1994

Liebesgedichte

Die Wärme deiner Nähe

Haltbar,
wie dein Atem in mir,
schwer, wie das Licht,
das meine Decke ist,
gläsern, wie das Alphabet
in deinen Stimmbändern –
bist du.

Darum trag mich
auf deinem Atem,
laß mich in deiner Aura wohnen,
auf Vokalen zu dir schwimmen,
und nimm mich auf
in die Wärme
deiner Nähe.

Wegen meiner Blindheit

Wegen meiner Blindheit
will ich dich nicht blind nennen,
oder gar blinder,
nur weil ich nicht ertrage,
daß du mein Tasten
und Stolpern siehst.

Ich will die Binden abnehmen,
wenn sie noch nicht eingewachsen sind,
und mich dem Skalpell
deiner Beobachtungen aussetzen.
Ich will die Quellen
unter den Wüsten in mir entdecken
und auf die Sonne hoffen,
die mich erleuchten könnte.

Wenn ich nur dich sehe

Nicht die enge Form
der Liebe will ich,
sondern die,
in der die Weite Platz hat
und in der wir uns bewegen können,
um das zu erneuern,
was immer stirbt,
wenn ich nur dich sehe
und du nur mich.

Zögernd

Zögernd sage ich dir,
daß ich dich liebe.
Weil die Worte mißverständlich sind
und sie ihr Gewicht verlieren
vom Moment des Sagens
bis zum Moment des Hörens,
ist es ein Risiko.
Und weil ich mir nicht traue
und ich nicht weiß,
ob ich durchhalte
in den Zeiten,
wenn das Licht und die Wärme
wieder gehen,
darum zögere ich.

Aber auch das Zögern ist
eine Form von Liebe,
weil ich dich nicht enttäuschen will.

Das Versprechen

Über die Trennungen hinaus,
an den harten Worten vorbei,
unter der Abwendung hindurch,
und quer durch die Fremdheit deines Gesichts,
das ich an der Innenseite meines Schädels trage,
reicht das Versprechen.
Wir haben es weniger gegeben,
als es uns mit sich nahm,
damals, wie auch heute.

Und doch
wählt uns die Liebe nur so weit,
wie wir sie wählen.
Was wir tun,
tun wir immer zuerst uns selbst.
Wenn ich das Versprechen halte,
halte ich mich selbst in den Händen.

Unser Leben ist nur einen Augenblick lang.
Auf uns ist gelegt die Stunde
unserer Abreise.
Irgendwann fahre ich zum letzten Mal
durch deine Haare,
und du erschrickst, wenn du mich
einen schnellen Augenblick
nicht mehr erkennst.
Weil wir das wissen,
werden die einzelnen Momente hell,
wie die Perlen einer Kette.
Da beginnt unsere Erleuchtung
und darin entsteht,
was wir nie denken konnten.

Ohne die Lügen

Du zerschneidest mich
mit deinen Augen.
Ich bin zu schwach,
um mich zu wehren,
ich bin stark genug,
um schwach zu sein.
Ich werfe kein Gitter
zwischen uns auf.

Zerschnitten nehme ich dich
besser wahr.
Fort ist die trennende Sicherheit,
dieser blaue Himmel im Herzen,
das Lügen mit den Händen,
diese Blumen im Atem.

Unsere Hände finden sich wehrlos
und ruhen beieinander.

Wachse nicht zu gegen dich selbst

Wie verkenne ich dich,
wenn ich dich nicht
in meinen Gedanken und Bildern von dir
an das Geheimnis anschließe,
aus dem du gespeist wirst,
Minute um Minute,
Tat um Tat,
Schweigen um Schweigen.

Sei nicht schüchtern
und wachse über das hinaus,
was ich von dir denken kann.
Wachse nicht zu
gegen dich selbst.

Trennung

Jetzt,
wo du weit weg bist,
lege ich manchmal meinen Blick
auf die stille Luft
und du entstehst daraus,
als wärest du hier,
mit deinen Schatten.

Manchmal winkst du sogar,
aber nicht mit dem Finger
und nicht mit dem Arm,
sondern mit der Leere,
die du hinterlassen hast.
Da ziehe ich ein.

Schlichtes Liebesgedicht

Ich lege meine Hand auf deine.
Deine Augen ruhen
einen erträglichen Moment
in meinen aus.
Meine Sätze fügen sich
nahtlos an deine
und deine ergänzen,
was ich vergessen habe.

Wir gehen gemeinsam
in die Stille ein,
die wir unserer Liebe erlauben.
Wir stehen auf
und auferstehen in der Begeisterung
für die Entschiedenheit,
die wir versuchen zu leben.

Wir ehren die Grenze,
die den Freiraum umrandet,
den wir unseren Seelen schulden.
Ich übe es, auszuhalten,
daß du ein Geheimnis bist
und daß ich in deiner Gegenwart
manchmal ebenso eines werde.

Du, weit weg

Ich komme vorbei,
so still,
daß du es nicht merkst.
Ich schleiche in deine Küche,
bin schattenfrei und gewichtslos,
und verursache nur einen kleinen Luftzug.

Ich bringe dir
etwas von dem Schweigen,
in dem ich wie in einem Haus lebe,
seit du weg bist.

Und plötzlich
denkst du an mich,
fliegst in meine Gedanken
und umarmst die geduldige Luft.
Und schon tanzen wir,
wie die Engel,
die alles einfädeln,
auch uns,
immer neu.

Heiser und weise

Du nimmst einen großen Raum
in mir ein.
Ich bewege mich zu dir hin,
aus dir heraus.
Das sind die Jahre,
die wir vorwärts und rückwärts dachten,
in denen wir aufeinander zugingen
und voneinander weg,
treu
wie das Meer, in Ebbe und Flut,
wie die Planeten, in ihren Ellipsen,
und schöner als der Komet,
der auftaucht und schnell verlischt.

Jetzt liege ich bei dir
und übe immer noch,
Mensch zu sein,
so wie du es verstehst,
während du neben mir atmest,
als würdest du in meinen Lungen
leben, heiser und weise.

Schneidende Worte

Wollen wir mit den anderen Waffen
auch die Worte ablegen,
die schneiden, aufreißen, martern,
Ängste auftun, tiefer als vor dem Tod,
und uns abstumpfen
für die Zärtlichkeit unseres Weges?

Die uns blind und dumm machen
für den roten Faden,
an dem wir uns zueinander hingetastet haben
bis zu diesem Augenblick.

Blut aus dem Stein

Wenn ich Stein war,
habe ich dich zu Stein gemacht.
Da sind wir beide aufeinandergeprallt
wie zwei Berge,
ich in meiner Unwissenheit,
du in deiner Unnachgiebigkeit.
Alle Wahrnehmungen endeten
in der Härte des Steins.

Erst in der leeren Stille
unter gefühllosen Menschen
begann ich zu schreien.
Da hast du mir geglaubt,
und Blut kam aus mir,
dem Stein.
Da verwandelte sich
deine quarzige Oberfläche
in erstaunliche Haut,
und auf den zartesten Entrückungen
unserer Sinne
schwammen wir zueinander hin.

Tastend

Manchmal fühle ich deine Gedanken
nach mir suchen.
Schwimmend bewegen sie sich
durch die Bilder,
die ich mit dir teile
und in denen wir uns entfaltet
und ein Haus gebaut haben.

Zartfingerig
strecke ich mich aus.
Ich will nichts zerstören
mit einer falschen Erinnerung
und nichts erheben
mit grellen Farben.

Tastend
verlangsame ich mein Leben,
um dem Flüchtigen eine Heimat zu geben.
So gelange ich dir näher.

In der Wortstille
beginnt das längst Gesagte
still zu leuchten.

Das unerkannte Gewicht mancher Regungen

Beobachte still

Beobachte still,
was sich in dir formt,
und begreife,
daß es nichts anderes ist
als die Gestalt
deiner Seele,
die nach außen drängt
in ihr Leben –
in deine Vervollkommnung,
unermüdlich.

Ich will

Ich will,
wie ein Tiger,
wie ein Adler,
wie ein Mensch,
mit der Kraft meiner Durchsetzung.

Könnte ich wollen
wie eine meterdicke Eiche,
wie ein Hügel unscheinbaren Heidekrauts,
wie eine ziellose Wolke
mit der Ausdauer der Ewigkeit,

vielleicht wäre dann
das Wollen nicht so schwer,
daß ich schon beim Versuchen
nicht mehr kann.

Erleuchtung

In diesen Tagen
erleuchtet mich nur,
was mir dunkel
und fern erscheint.
Nur darin bleibe ich wach
für die Zartheit
des noch nicht Gewesenen.
Und so
auch für mich.

Anfangen zu leben

Wir warten auf den,
der kommt und die Geschichte erzählt,
in der wir alle zu Hause sind.
Weil wir ihn denken können,
muß es ihn geben.
Aber wie wird er die Worte betonen,
wenn es um die Wahrheit geht,
und wie wird er die Wege beschreiben,
die durch das Dunkle führen,
und wird er Bilder finden
für die enttäuschte Liebe?

Ich habe ihn gehört,
ich habe ihm geglaubt,
ich habe gehofft.
Ich habe seine Geschichte anprobiert,
ich habe die Schuhe angezogen,
die mir passen sollten
und sie getragen, bis ich Blasen hatte.
Ich bin blind geworden,
wo der Erzähler blind war,
Ich bin herumgeirrt in der Wüste
seiner entwässerten Sprache.
Ich bin am Zaun entlanggegangen
wie ein verrückt Sehnsüchtiger.
Und am Ende stand ich draußen,
vor meinem Leben
und wollte hinein.

Da begann ich
die Silben meiner Worte zu finden.
Ich lernte das Selbstgespräch.
Ich erfand mich in Farben.
Ich trug Verben auf meiner Zunge,
wie Hostien.
Ich zerbrach Bilder und malte neue
in den Schattierungen meines Blutes.
Ich entstand, zaghaft, zauberhaft,
und begann das zu leben,
was niemand kannte.
Auch ich nicht.

Ein Mann wie andere

Immer wieder kämpft er,
sich zu vergewissern,
daß er dazugehört
zu dieser Legierung
aus den tausend Stoffen,
in die wir hineingewoben sind
und von denen wir durchwirkt sind
bis auf den Grund unserer Seele.
Und immer wieder fällt er heraus,
fällt, fällt
in die schwarzen Löcher
des unempfindsamen Universums
und verzweifelt an sich selbst.

Und nichts so wie das,
macht ihn selbst
zum Herzen der Dinge,
an dem er zweifelt,
während aus ihm
Leben und Tod fließen,
diese geheime Mischung,
aus der alles besteht.

In die Wolken über uns
schreibt der Wind
unser aller Namen.
Findest du deinen?
Er hat Gewicht.

Wenn wir einander suchen

Von den Rändern unseres Gesprächs,
dort, wo es sich zum Schweigen hin verblutet,
müssen wir immer wieder zurück
zum Herzen der Worte,
zu dem gefährlichen Feuerwerk zwischen uns.

In den Lauten,
die wir mit unserem Wesen formen,
verwandeln wir uns.
In der Anstrengung, zu hoffen,
gegen die Zerstörung und das Zerfließen,
und gegen das stille Wegschlafen
gewinnen wir Gestalt.

Zaghaft
trage ich mich jeden Tag neu
in das Leben hinein
und spreche mein immer neues Credo
mit Fußsohlen, Augenlidern und Fingerspitzen,
und manchmal auch
mit den Stimmbändern,
die Worte adoptieren,
die von vielen verworfen wurden.

Selbstannahme

So wie du dich aufnimmst,
erst nur im Spiegel,
dann in dem Wörterbuch deiner Sprache,
und zuletzt von Angesicht zu Angesicht,
so wirst du dich vorfinden,
unter allem Unrat,
den du über dich gelernt hast,
und sogar in deinem Schatten
wirst du dich wahrnehmen,
in dem dunklen Relief
deiner Verausgabungen.
Und dich lieben lernen.
Und dich lieben.

Deutlich

Die Geheimformeln in der Baumrinde,
die Wassernarben am Ebbestrand,
die Waghalsigkeit des segelnden Storches,
die zehntausendjährigen Schleifen der Donau,
die mit unseren Sünden geätzte Landschaft,
die engelhafte Gestalt des Wassers
in der Sonne,
die undurchdringliche Dunkelheit
der mondlosen Nacht,
sie alle sprechen vom Leben
und von der Vergänglichkeit,
also von uns,
von unserem Kern.

Warum dann
suchen wir eine deutlichere Sprache,
wenn wir doch wissen,
daß jede größere Deutlichkeit
nur eine Täuschung ist?

Gefährdet

Unter der Fracht des Tages
versinkst du.
Deine Seele
hat so knappe Bordwände,
daß schon kleine Wellen hereinschwappen
und dich zum Untergehen bringen.

Was hilft es,
daß es irgendwann einmal
wieder Ebbe sein wird
und die Strandläufer
im Schlick nach Futter suchen werden.
Jetzt gehst du unter,
wenn der Tag nicht leichter wird.

Ein Verwandter in Norwegen

Auf einem schwarz-weißen Bild
sehe ich das alte Gesicht
des norwegischen Dichters Olav Hauge,
von dem es heißt,
er habe seinen Lebensunterhalt
mit dem Verkauf der Äpfel
seines kleinen Gartes verdient.

Vierunddreißig Jahre
und ein Weltozean trennen uns,
und doch kann ich manchmal,
wenn ich aus dem Haus trete,
die Luft von Ulvik riechen,
hier in Burnaby.
Und schon stehe ich
mit einem Fuß
zwischen seinen Zeilen.

Und wenn er schreibt,
»Sie ist süß, die Einsamkeit,
solange der Weg zurück
zu den anderen
offen ist.«
spüre ich wie mein Körper
gedehnt ist von der Anstrengung,
zu leben.

Das Geheimnis

Er hat sie geliebt
und war verrückt wie ein Roman,
und sie hat ihm
mehr und mehr geglaubt,
weil es leicht war
und sich Geheimnisse auftaten.
Nur ihr letztes Geheimnis
behielt sie für sich.

Dann hat er ihr gesagt,
daß nichts sie trennen könnte,
und alles war paradiesisch heil.
Und er dachte mit seinen Händen
und liebte sie mit den Strömen seiner Gedanken,
und sie glühte und starb
und stand wieder auf.
Nur ihr Geheimnis hütete sie weiter.

Und als der Himmel
auf Erden war, endlos blau,
und die Heiligkeit der Liebe
in Worte gegossen wurde,
da getraute sie sich,
ihm zu sagen, daß sie sich nachts
in eine Wölfin verwandelte.

Da schwieg er
und kaufte Fallen
mit schweren Stahlbügeln,
die den Fuß fast abtrennen,
wenn sie zuschlagen.
Und er stellte sie im Kreis um sich
und lauerte ihr auf,
aber sie kam nicht wieder.

Und manchmal nachts
hört man sie heulen,
weil sie nicht weiß wohin
mit ihrer Wahrheit und Treue.

Heilige Handlung

Als ob ich dann
Wurzeln schlagen
und zugleich fliegen kann.
Als ob ich dann weiß,
was eine Hand ist, ein Haus,
ein Berg, das Meer,
und all die Dinge, die nicht lügen.

Als ob ich dann weiß,
was ich glaube
und wofür sich zu leben lohnt.
Als ob dann die Mathematik des Lebens
nicht aufgeht und es gut so ist.
Als ob ich dann weiß,
was innen ist und was außen,
sie aber nicht mehr trennen will.

Als ob ich dann in der Mitte stehe,
in mir und in der Welt zugleich,
... wenn ich schreibe.

Worum es hier eigentlich geht

Worum es hier eigentlich geht,
ist nicht ganz klar,
aber vielleicht erreichst du es,
oder es fällt dir unverhofft zu,
wenn du einfach bist,
was du bist,
vielleicht

wie damals,
als du in der Wiese lagst,
einen Grashalm zwischen den Zähnen,
Augen in den Wolken,
und Wunder über Wunder
in dir.

Das ungleiche Paar

Sie gehen zusammen,
er immer ein Stück vor ihr.
Sie hält öfter,
taucht ein in die Dinge,
entdeckt, erschrickt,
möchte am liebsten jetzt noch
zeichnen lernen.
Sie hat die Form
eines sich bewegenden Fragezeichens.

Er dagegen
eilt, auch ohne Ziel,
will nicht wissen
wie alt die Steine sind,
wie der Salamander
in der Sonne auf dem Weg heißt,
und warum seine Frau
kaum noch leben kann
an seiner Seite.

Die Wirklichkeit einer Regung

Nimm es an,
daß sich die Wege sinnvoll kreuzten,
daß die Sonne deinetwegen stillstand,
und sich das in dir regte,
woran du dich selbst
dringlich erinnern wolltest.

Nimm sie an, diese Stunde,
diese Minute und Sekunde,
weil in ihr eine Tür ist
zu dir.
Auch das, was verging,
war wirklich:
die lange Atempause deiner Seele
während des endlosen Regens,
das Zittern unter der Unsicherheit,
die Wellen des Glücks
bei der Entdeckung,
daß dein Inneres
eine unverwechselbare Gestalt trägt.

Und wirklich ist auch
was du jetzt spürst.
Jetzt.

Auch hier bin ich nicht sicher

Über dem Bergsee liegt noch
die Reglosigkeit und Schwere der Nacht,
jetzt, im leichten Grau vor Tagesbeginn.
Aber schon in einigen Stunden
wird der Schmerz
an den Saiten vieler Seelen
grell zerren.
Von weit weg
wird das Stöhnen der Menschen
sich in die weiche Oberfläche des Wassers
in Keilschrift einkerben.

Ich werde mit meinem Kanu
zwischen den Rissen der Seelen hindurchfahren
und die Abgründe sehen,
die über die Bordwand zu mir hin wachsen
Ich werde auch hier,
am Ende der Welt,
nicht sicher sein
vor der Zerrissenheit.

Leben, wie ein Laib Brot

Es kann dir plötzlich
mit ungewöhnlicher Klarheit auffallen,
daß das Leben anfaßbar ist,
wie ein Laib Brot.

Es klingt mit in dem Wort,
das von Seele zu Seele taumelt,
oder in der Nacktheit mancher Pläne.
Es spricht aus dem leeren Spiegel
und aus der Reise, die kein Ende zu haben scheint.
Es durchbricht die Gitter,
die sich zwischen dich und dein Leben
geschoben haben.

Mitten in der Stille einer uferlosen Nacht
oder in dem Gespür streikender Nerven,
wird deutlich, daß das Leben
ein gewaltiger, vorwärts stürzender Zug ist,
mit Kurs quer durch dich hindurch
und von nichts aufzuhalten.
Auch das kleinste Leben
paßt in keine Denkschachtel.

Auch wenn sich ständig häuft,
was unabänderlich ist,
und man dich behandelt, als hätte es dich
schon gegeben und würde dich wieder geben,
gilt doch die stille unaufdringliche Wahrheit,
daß jeder von uns unaustauschbar ist.
Ich sage es dir.
Sag es weiter.

Sie kettet sich an seine Liebe

Sie kettet sich an seine Liebe,
legt ihre Hand in seine,
geht mit ihm über die Dörfer
als sein Eigentum.

Manchmal erhellt ein Blitz ihren Weg,
sie wünscht sich, getroffen zu werden
und nicht mehr entscheiden zu müssen
gegen sich selbst.
Aber der Blitz
straft sie mit Verschonung.
Danach ist es dunkler
als zuvor.

Die Liebe, seine Hand,
die Dörfer, der Blitz,
leben alle in ihr,
ohne eigene Form,
nur in der Gewalt seines Wesens.

Keine Nachahmung

Meinen Weg finde ich nicht,
wenn ich durch deine Augen sehe.
Ich bin ein Schiff
mit seinem eigenen Ziel.
Ich hisse keine Flagge,
die nicht in mein Blut getaucht ist.
Wenn ich an Land gehe,
trage ich weiche Moccasins
aus dem Leder meiner Haut.
Schon seit Jahren
schreibe ich an meinem Alphabet.
In grüne, braune und klare Flaschen
korke ich Botschaften ein
und übergebe sie dem Horizont.

Wenn du meinst,
daß ich mich dir nähere
dann ist es nur,
weil wir beide dem Pol, dem magnetischen,
den wir Liebe nennen,
näher kommen.

Ich begreife,
ähnlich wie die Ringe am Baum,
daß ich nur wachse,
wenn ich mich um das Herz im Zentrum lege,
das nur mich ausstrahlen will
und keine Nachahmung.

In deinem Herzen wartet

In deinem Herzen wartet
in Sehnsucht Gott,
der durch dich hinaus will
in die erschreckende Welt.

In deinem Herzen wartet
ein ganzes Feld blühender Kinder,
die an deinen Händen
durch Blumenwiesen laufen wollen.

In deinem Herzen wartet
die Dunkelheit des Goldes,
zu verschlingen,
wen es verschlingen kann.

In deinem Herzen wartet
der andere Gott,
der Erfinder der Musik,
der von Note zu Note springt,
wie du von Ast zu Ast
in den Bäumen deiner Kindheit.

In deinem Herzen wartet
der pflichtbewußte Soldat,
verlassen vom Leuchten seiner Waffen.

In deinem Herzen wartet
der Teufel ohne Hörner und Schwanz,
nur bewaffnet mit deiner Menschen-
verachtung.

In deinem Herzen wartet
der brennende Asylant
in der rieselnde Asche.

In deinem Herzen wartet
das ungelebte Leben,
das sich überschlägt, vermehrt
und durch die Ritzen
in deiner Kontrolle drängt.

In deinem Herzen wartet
der große silberne Engel
mit seinem fleischernen Meißel,
schwebend über den Gedanken von dir,
die noch steinern sind.

Und nach allem
und in allem
und vor allem
wartet in deinem Herzen
dein Herz,
das du beinah vergessen hättest.
Eingeringelt wie eine Schlange
und bunt gemustert
fädelt es immer neu
seine eigene Erneuerung ein.

Einer für andere, unsichtbar

Auf dem Foto,
wie auch im Leben
biegt sich das Licht
um den Mann,
um ihn nicht zu berühren.
Er bleibt in den samtenen Schatten.

Die Dunkelheit liebt ihn,
ihn, der immer das Licht geliebt hat.
Er bohrt sich durch die Dunkelheit,
durch die Schichten der Erde,
wie Millionen andere,
manchmal blind
und am Rande zur Mutlosigkeit.

In glücklichen Momenten der Verzweiflung
ahnt er, daß er es ist,
der das Licht schafft,
mit seinem unterirdischen Mut
und mit der Energie seiner Suche.

Dann sieht und hört er,
wie andere gesunden
an seiner Heillosigkeit.

Die weise Sprache der Dinge

Pflaumen

Immer wieder ist
wo ich stehe
das Paradies.
Es ist nicht zu beschreiben
und leicht zu übersehen.

Ich gebe dir
eine blaue Pflaume
aus meinem Garten.
Wenn deine Zähne
in ihr gelbes Fleisch sinken,
weißt du,
was ich gemeint habe.

Die tausend Verwandlungen

Diese Musik ist Schwarzbrot.
Dieses Schwarzbrot ist ein Gedanke,
der keine Regierung anerkennt.
Der Gedanke holt sich die Bilder,
die er braucht.
Die Bilder transportieren Träume.
Die Träume glauben an Gott.
Gott bleibt unerkannt.
Das Unerkannte lehnt sich
an einen Staketenzaun.
Der Staketenzaun macht ein Märchen
wieder möglich.
In dem Märchen bin ich das Kind,
das Schwarzbrot ißt
und nach Hause findet.
Ich habe gewagt zu denken,
daß es ein Zuhause gibt –
manchmal ist der Weg nur länger,
aber immer hat er ein Ende.
Warte auf mich,
sage ich mir
durch die tausend Verwandlungen.

Wie eine Libelle

Haben wir das Sehen erst gelernt,
wird die Welt durchsichtig.
Wir dürfen nicht steckenbleiben
an der Oberfläche der Dinge.
Wir brauchen mit unseren Augen
nicht in die Wand
der Formen und Farben zu laufen.
In uns steckt die Energie,
uns hinwegzusetzen über den Rand der Dinge,
um zu ihrem Herzen zu finden.

Vielleicht nimmt uns darum
der Libellenflügel so gefangen.
In ihm wird die Durchsichtigkeit
zum Wesen der Libelle.
Die haardünnen Verstrebungen
sind Erinnerungen
an die innere Zerbrechlichkeit
aller Wesen.

Du scheinst
durch dich selbst hindurch.
Ich erkenne dich
an deinen zarten Flügeln,
an deiner Durchsichtigkeit.

Brot mit einer goldenen Kruste

Eine Bäckerei
mit einem italienischen Namen
backt ein helles Sauerteigbrot
in unserer Stadt.

Das Brot
hat eine goldene Kruste.
Jede Scheibe
und besonders der Kanten
ist wie eine goldene Gondel.

Manchmal sind meine Hände
nicht leer genug,
um eine Scheibe zu halten,
und mein Mund zu voll.

Einprägen
für Martin Keller

Es wäre wichtig,
sich das einzuprägen,
was uns tragen soll.
Es wie einen Schlüssel tief in der Tasche zu verwahren
gegen die Verschlossenheit der Welt.

Morgens,
der erste Ton eines Vogels,
der die Seelenschwere ins Licht hebt.
Die Wärme einer Stimme,
von der wir uns gemeint fühlen.
Die Wahrheit der fallenden Blätter,
ein einsamer Baum im Wind.

Es muß so fest in uns bestehen,
daß es zu einer inwendigen Landschaft wird,
die wir betreten können,
ganz gleich, wo wir auch sind.
Den silbernen Rand einer Wolke,
die Erschütterung der Haut
unter der sanften Berührung,
der Geruch einer Wiese nach dem Regen,
und der Geschmack des Fruchtfleisches
einer am Baum gereiften Zwetsche.

Einprägen und unablässig wiederholen
in den Gefängnissen der Gewohnheit.
Einprägen, um auf der Erinnerung
über die Tiefe zu fahren
wie auf einem Schiff.

Adlerfeder

In meiner Hand halte ich
die mittelbraune Feder
eines jungen Weißkopfadlers.
Sie ist vierzig Zentimenter lang
und hat einen Durchmesser
von acht Millimetern am Federkiel.
Ich habe sie gefunden,
wo der Alsek in den Pazifik mündet,
in der Menschenleere Alaskas.

In dieser Feder
schwebe ich ohne Flügelschlag
über den winzigen Sorgen.
Mit dem Federkiel
schreibe ich in die Wolken,
daß ich frei bin.
So finde ich mich,
unaufhörlich.

Ich danke meinem Bruder,
dem Adler, für sein Geschenk,
und wünsche ihm,
daß er das Alter erreicht,
wo sein Kopf und Schwanz
so weiß werden,
wie die hohen Gletscher
seiner Heimat.

Die sechs Milliarden Namen Gottes

für Justus Braag-Keller

Und wieder öffnen sich die Pforten
für meine Wahrnehmung.
Durch meine Augen schlüpfe ich hinein
in das Sichtbare und im selben Moment
schlüpft das Gesehene in mich,
wir verschmelzen
und übertreten die Grenze
zum Unsichtbaren.

Auf dem Tisch
liegt ein Stoff aus Indonesien,
beseelt mit meinem Geist.
Die Hand, die dies schreibt,
hört ein Mantra,
der gerade in Tibet wiederholt wird.
Die helle Unterseite der Pappelblätter
läßt sich unablässig vom Wind küssen.
Alle wahrgenommenen Trennungen
sind nur Kurzsichtigkeit.
Die Türen des Himmels
sind nicht verriegelt.

Die sechs Milliarden Namen Gottes
brauchen uns nicht mehr zu erschrecken.
Einen von ihnen trage ich in mir
und du trägst einen anderen.

Hinter unserem Haus

Hinter unserem Haus
ist ein Berg,
auf dessen Höhe
der Tod auf mich wartet.
Einmal werde ich zum letzten Mal
den Weg durch die Erlen,
die Fichten und Tannen gegangen sein.
Und ich werde es nicht wissen,
wenn ich Fuß vor Fuß setze.
Aber ich weiß,
daß oben der Tod wartet,
und das macht mich frei,
den linken Fuß vor den rechten zu setzen,
in der Unaussprechlichkeit meiner Liebe
zu dem Weg, zu den Bäumen und Büschen,
zu den Geräuschen der Tiere,
zu der Wölbung des Blaus
mit seinen Wolkenschiffen.
Ohne die Dinge
wäre ich nur eine Hülle,
weil ich meine Liebe nicht üben könnte.

Wenn der Moment kommt,
werde ich alles abstreifen,
auch mich selbst,
um dann im Frühjahr
in den hellgrünen Spitzen der Tannenäste
und den Kätzchen der Erle wiederzukommen,
unsterblich.

Alchemie

Das Blei des schweren Alltags,
das Quecksilber der täglichen Enttäuschungen,
das Eisen der Gewöhnung
schmilzt, destilliert, legiert
und verwandelt sie täglich
in das Gold der Erfahrung,
dessen Unzenpreis
an keiner Börse
zu erfragen ist.

Die Türen des Herzens

Die untergehende Sonne scheint
auf eine Reihe Bücher
in meinem Arbeitszimmer.
Rinser, Lenz, Botho Strauß, Stefan Zweig,
Christa Mulack, Alice Miller und Hans Bemmann
sind erleuchtet.
Der Wind hat sich fast gelegt.
Nur einzelne Blätter des Ahorns
erinnern uns daran,
daß die Luft eine Gestalt hat.
Ich höre Autos, sehe sie aber nicht.
Weit weg ein Hupen, hoffentlich nicht
im unkontrollierbaren Ärger.
Mein Körper gehört noch zum Tag,
aber meine Seele nähert sich schon der Nacht.
Das Meer hält sein Silber
noch lange, auch ohne Sonne.
Ich bin leer und wehre mich dagegen,
aber es wird vorbeigehen
und ich werde merken, daß die Leere
aus anderer Sicht die Fülle ist.

Auf dem Schreibtisch liegt aufgeschlagen
ein Gedicht von Mary Oliver,
in dem die Zeilen »if the doors of my heart
ever close, I am as good as dead«
gelb übermalt sind,
was sie doppelt leuchten läßt.
Und ich denke, ja,
die Türen des Herzens
darf ich nie schließen.

Im Glück der Erkenntnis

Bündnis

für Kornelia Schauf

Wenn ich
manch ein höheres Ziel
aufgebe,
erhalte
ich diesen einzelnen Tag wieder,
und verfüge über ihn,
wie er über mich,
in einem Bündnis
unbegreiflichen Glücks.

Eine andere Wahrheit

Mit ihren Lippen
vorsichtig auf seinen
schreibt sie eine Exegese,
die er nie gelesen hat.
Alle Lehren fallen von ihm ab
und er vergibt sich,
daß er die Reihenfolge
von Er-weiß-nicht-was
vergessen hat,
ohne die er sonst
nicht leben konnte.

Die Kunst der Lippen

Zart schließen sich die Lippen,
die Zunge drückt nach außen
und manchmal schließen sich die Augen
in Erwartung,
wenn ich eine Rispe roter Johannisbeeren
sanft mit den Lippen abziehe,
wie mit Fingern,
ohne die kleinen Stengel
der einzelnen Beeren
mit abzutrennen
und nur die reine Säure der Beeren
in mich hineinschießen
spüre.

Gebremster Flug

Was ist dein Leben weiter,
als der nur vorübergehend
gebremste Flug
eines Engels.
Deine Seele ist schon leicht,
trotz der dunklen Erde,
die an ihr haftet.
Hast du nicht gerade geträumt,
daß die Liebe
keine Grenzen kennt?

Was ich weiß

Nachdem ich den letzten Biegungen
meiner verborgensten Gedanken nachgegangen bin,
nackte, noch ungeborene Gedanken
von neuen Lebensformen,
und dann verbotene Türen
aufgestoßen habe, vielleicht frech,
vielleicht im Überschwang
eines unerklärlichen Glücks,
erscheint eine noch andere Welt,
seltsamer als ich dachte,
seltsamer als ich denken konnte.

Ich gehe durch sie hindurch,
ein weitäugiger Analphabet
mit einer gebremsten Fantasie.
Und auch wenn ich
von Minute zu Minute dazulerne,
weiß ich doch,
daß ich nicht viel weiß.
Je klarer mir das wird,
desto freier werde ich.
Das lasse ich mir
von niemandem nehmen.

Aufbrechen

Es kommt der Tag,
da wird es wichtig sein,
daß du mitten beim Essen,
zu dem du deine Freunde eingeladen hast,
dein Besteck hinlegst,
aufstehst und davongehst.

Hinaus aus ihren halbfertigen Worten,
weg von den Wänden
mit den vertrauten Bildern,
fort von den Betten,
auf denen du deine Leidenschaft geübt hast,
weg von den Büchern,
deren Gefühle du auswendig kennst.

Wenn du mutig bist,
drehst du dich nicht um.
Wenn du mutig bist,
drehst du dich um.
Du weißt schon.

Wichtig ist,
daß du dich nicht zurückhalten läßt,
wenn sie sagen:
bleib, bleib, wie immer.
In genau dem Moment des Zögerns
entscheidet sich alles.

Schon in dem ersten Schritt
weg vom Tisch
findest du Gedanken,
deren Ende du nicht absiehst.
Du hörst dich sprechen wie der Wind,
deine Haut wird straff und löst sich,
bunter wächst eine neue nach.
Von Erschütterung zu Erschütterung
entsteht eine andere Welt
und du tastest dich durch sie hindurch.

Es kann sein,
daß du zum Nachtisch
schon wieder zurück bist,
eine andere,
und nur noch erkennbar
für einige,
vielleicht für niemanden
mehr.

Es lohnt sich zu lieben

Es lohnt sich zu lieben:
die tiefer werdenden Falten,
die verengten Blutgefäße,
die ausgefransten, flimmernden Nerven,
die Brände in den Verstecken des Körpers,
die Trägheit der Augmuskeln,
das Zittern, die Vergeßlichkeit,
die porösen Knochen,
dir Kurzatmigkeit.

Ohne diese Liebe zu uns selbst,
auch zu dem Verlust,
wären wir ärmer
und hätten nicht die Energie,
weise zu werden
in dem Schrumpfen.

Ein Indianer in Paris

Paris löst in mir kein Gedicht aus.
Ich empfinde nicht,
was ich zu empfinden erwartete.
Die berühmten Straßen
bleiben grau und schmutzig,
die bekannten Gärten,
auch wenn sie schon
durch Rilkes Gedichte wanderten,
singen nicht.
Ich sehe durch alles hindurch.

Und dahinter erscheine ich
als Indianer der Dene Nation,
im heiligen Einverständnis mit der Natur,
glücklich in der Härte der Jahreszeiten,
nicht einsam zwischen Elch und Cariboo,
ein Mensch, der seine Göttlichkeit entdeckt,
und wortlos Gott vergrößert.

Das Glück ohne die Worte

Es gibt Worte dafür,
aber ich finde sie nicht.
Darum nähere ich mich dir
und den Dingen selbst.
Merkst du,
daß wir uns durch keine Buchstaben
hindurchschlagen müssen?

Ein Auge ist kein Buchstabe.
Eine Begegnung ist kein Wort.
Ein Kuß ist kein Alphabet.
Atmen ist nicht buchstabieren.
Lieben ist nicht schreiben.
Wie gut ist es,
manchmal die Worte
nicht zu finden.

Wir wissen immer mehr

Wir wissen immer mehr,
das menschliche Wissen verdoppelt sich
alle sechs Monate.
Aber vielleicht wissen wir immer weniger.
Die Unterteilungen werden kleiner und genauer.
Jede Spezies bekommt ihre eigene Welt zugewiesen,
jeder Gedanke sein System,
jeder Mensch seine Soziologie.
Nichts kann einfach nur fliegen,
fallen und verschwinden.
Alles braucht einen Katalog.
Wir lernen aus Tabellen, Gliederungen,
aus Kurven und Hochrechnungen.

Währenddessen
wird in der Ortsmitte
eine alte Eiche
ein Jahr älter.
Vielleicht gelingt es ihr,
aus allen Tabellen davonzuwachsen
und zu mir zu kommen,
ohne den Umweg über den Verstand.
Ich verspreche ihr meine ganze Offenheit
und Zuwendung aus meiner Tiefe.
Ich werde sie lieben
für ihr Rauschen und für ihre Stille.

Im Fluß

Ein Erlebnis, das schillernd herausragt,
ein Moment, der blau winkt,
eine Bewegung über die Grenze hinaus,
ein Gesicht, das zeitlos
durch deine Gedanken driftet.
Und täglich
über dem Horizont die Sonne,
unter dem Horizont das Blut.

Am Ende
wird nur die Erinnerung sein,
daß alles floß,
tief und unendlich
und dich mitnahm
ins Licht.

Das Kind

In ihr wohnt das Kind,
das kein Beischlaf geschaffen hat.
Es hat Arme und Beine,
mit denen es manchmal tritt.
Sie hat es auch schon singen hören,
dieses stille Summen,
noch ohne Worte,
mit einer uralten Melodie,
Töne aus Erde,
mit dem Planeten vernabelt.

Demnächst wird es auch reden,
und mehr wissen als sie,
und sie wird versuchen, ängstlich wegzuhören,
aber es wird wie eine Axt
in sie dringen und sie spalten
vom Scheitel bis zur Sohle.
Und manchmal wird es sie
durch ihre Augen ansehen
voller Weisheit
wie aus einem himmlischen Spiegel.
Dann wird sie
die kleinen Hände ergreifen
und sich hineinziehen
ins Leben dieses Kindes,
in ihr eigenes,
und endlich an sich glauben.

In den Wortbrüchen

Vor Jahren
habe ich ein Selbstbildnis
von Buonarroti gesehen,
auf dem er alt wirkte
und gedankenversonnen.
Heute schaute ich in den Spiegel
und sah plötzlich sein Gesicht
mich aus meinem ansehen,
das Gesicht eines Bruders.

Seine Steinbrüche sind meine Wortbrüche.
Ich beginne immer wieder neu
mit dem ganzen Alphabet,
diesem unbehauensten aller Steine.
Ich sehe meinen David
in der richtigen Zusammensetzung
von Vokalen und Konsonanten
aus dem Stein springen.

Es geht nicht um das Überleben
in Museen und Büchern,
nur um den Moment des Entstehens,
um dem Gefängnis
aus Stein und Buchstaben
zu entkommen,
und es danach wieder zu beziehen,
mit fleischernem Herzen.

Wie David mit der Schleuder
So ich bogengekrümmten Leibes … Michelagniolo

3000 Abende

Vielleicht ist heute der 3000. Tag,
an dem ich abends
an meinem Schreibtisch sitze
und auf die Stille lausche,
als käme von ihr die Erlösung,
schnell und zart.

Das wären die Abende
von über acht Jahren
– es könnte stimmen –,
an denen das Leuchten
immer um die nächste Ecke lag,
oder sich manchmal auch
über meinen Schreibtisch ausbreitete
und mich in sich einschloß,
während ich auf meinen Händen
eingeschlafen war, voller Bilder.

So werde ich weiter.
So werde ich weiter lauschen
und die Erlösung wird sich
in mir zusammensetzen,
Stille um Stille.

Beides ist wahr

Gezeichnet
mit einer Vorläufigkeit,
die ich manchmal nicht wahrhaben will,
sitze ich zwischen meinen kühnen Plänen
und ertrage das Zerfallen der Bilder,
das Verhallen der Worte,
das Verschwimmen der Entwürfe
und behalte am Ende
nur mich übrig:
Und bin doch noch
unendlich viel mehr
als nur ein Hautsack
voll Knochen.

Worauf du dich mit mir einläßt

Ich kann nicht weit gehen,
ich singe nicht melodisch,
meine Zeichnungen sind nicht zu entziffern,
ich glaube zu wenig und manchmal zu schnell,
ich halte nicht lange genug durch,
ich vergesse und verlege,
ich hoffe zu schwach,
ich verstehe nicht,
was andern verständlich ist.
Ich wiederhole meine Fehler immer wieder.
Immer noch gibt es etwas zu sagen,
wo ich versage, enttäusche,
verliere und vernachlässige.

Das bin ich.
Aber ich habe aufgehört,
mich dafür zu schämen.
Auch das habe ich gelernt
von der Wahrheit des Lebens
in der Mitte
meines leuchtenden Herzens.
Darauf läßt du dich ein
mit mir.

Es wird geschehen

Es wird geschehen.
Du wirst die Hände vors Gesicht halten
und deine Tränen fühlen.
Oder du wirst gehen,
still, Fuß vor Fuß,
durch den Park,
am Rand einer Nacht,
die du nur mühsam zurückhältst.
Und plötzlich wirst du merken,
daß es nicht mehr weiter geht,
daß die Auswege, die Erklärungen,
die Hilferufe nichts mehr erreichen.

Wenn du es dir dann erlaubst,
die Hände erleichtert
in den Schoß zu legen
und dich selbst loszulassen,
dann fällt die Mauer,
die dir den Weg versperrt hat
in deine nächste Wohnung,
die größer ist,
als alles,
was du bisher
bewohnt hast.

Brot

Wenn wir begriffen,
daß wir einander Brot sein könnten,
wir würden uns gegenseitig
täglich
vor dem Verhungern retten.

Anmerkungen

Gedichte müssen so vollkommen und in sich komplett sein, daß sie keiner Erklärungen bedürfen. Das ist die gängige Meinung. Aber in der Schule ringt jede Generation immer wieder neu um die Aussage in Gedichten und Erzählungen. Was wollte der Autor uns damit sagen, wird auch heute noch gefragt, wenn vielleicht auch nicht mit diesen Worten. Und tausend Kritiker in Zeitungen und Zeitschriften, in Fernsehsendungen und Radiobesprechungen verdienen ihr Geld damit, daß sie Leserinnen und Lesern mögliche Interpretationen von Texten anbieten.

Ich als Autor werde immer wieder gefragt, was ich mit einem Text gemeint habe und wie diese Zeile oder jene Geschichte zu verstehen sei. Ich gehöre nicht zu den Autoren, die so tun als gäbe es diese Fragen nicht. Für mich ist das Schreiben und Veröffentlichen ein Akt der Kommunikation. Ich habe aus dem Grund auch immer wieder etwas zu meinen eigenen Sachen gesagt, habe sogar einzelne Texte zeitweilig in Lesungen interpretiert und manchmal Unwillen damit geerntet. Ich habe in erster Linie immer an diejenigen gedacht, die vielleicht Mühe mit einzelnen Zeilen haben könnten, vielleicht auch weil sie als Kinder und Jugendliche im Literaturunterricht geschädigt wurden und sich selbst nicht zutrauen, daß sich zu einem gewissen Text eine Interpretation in ihnen melden wird.

Etwas zu meinen Texten zu sagen, ist auch der Versuch, das Gedicht nicht als etwas Abgehobenes, Unantastbares zu sehen. Gedichte sind Ausdruck eines Prozesses, der auch nach ihrer Fertigstellung weiterläuft. Gedichte entstehen im Lebensvollzug. Gute Gedichte verdichten, was wir erleben. In meinen Bildbänden habe ich oft Anmerkungen zu meinen Fotos geschrieben. Darauf habe ich im Laufe der Jahre immer wieder positive Rückmeldungen bekommen, weil für die Betrachter ein Bild dadurch einen Rahmen bekommen hat. Ich fände es sehr spannend, wenn ich jetzt noch ein paar Gedanken von Hölderlin, Rilke, Trakl, Celan, Bachmann oder Lavant selbst zu ihren Gedichten lesen und somit einen Blick hinter die Szene, in die Werkstatt dieser Dichter, tun könnte.

Anmerkungen, die man lesen oder ignorieren kann

9 *Liebesgedichte* Ich möchte auch dann noch Liebesgedichte schreiben, wenn die Welt ganz schlimm aussieht. Wenn Liebe zwischen Menschen noch möglich ist, dann ist sie auch im Großen möglich. Ein Liebesgedicht zu schreiben ist eine Art Trotzhandlung gegen die Zerstörung um uns. Das gute Liebesgedicht tut nicht so, als sei die Welt heil, sondern schafft neben der kaputten Welt einen Raum, in dem echte Begegnung, und damit Hoffnung, möglich ist.

15 *Das Versprechen* Ungeheuer wichtig finde ich immer wieder die Entscheidung für die Liebe, das commitment. Nur so hat Liebe eine Chance. Aber darüber hinaus scheint das Lieben-Können und das Sich-lieben-lassen auch ein Geschenk zu sein.

16 *Ohne die Lügen* Wie oft sind wir voneinander getrennt durch unsere Stärke, durch die betont positive Sicht, in der sich beide in einer Beziehung nicht zu Hause fühlen.

17 *Wachse nicht zu gegen dich selbst* Ist nicht jede und jeder von uns unendlich viel mehr als andere von uns kennen und sogar als wir uns selbst kennen?

20 *Du, weit weg* Waltraud, meine Frau, und ich waren in der Zeit von 1991 bis 1993 oft auf Monate getrennt – sie in unserer Wohnung in Deutschland und ich in Kanada. Da bin ich dann in Gedanken manchmal zu ihr hingeflogen und habe sie in der Wohnung umgeben. Einmal habe ich es auch tatsächlich getan. Als sie mich weit weg in Kanada wähnte, stand ich plötzlich vor ihrer Tür in dem Dorf Oberkessach.

21 *Heiser und weise* Ich finde, daß es immer wieder ein Balanceakt ist: einerseits sich selbst treu zu sein und andererseits verständlich und durchsichtig für den Partner zu leben.

25 *Das unerkannte Gewicht mancher Regungen* Wie oft spüren wir etwas, wir sind innerlich bewegt, etwas geht uns auf – aber wir gehen dem nicht nach, wir lassen es links liegen und vergessen es bald wieder. In dieser Abteilung wollte ich gern diese Regungen zu Wort kommen lassen und sie ernst nehmen.

28 *Ich will* Ich habe es so gelernt und auch viel so praktiziert, daß wenn man etwas erreichen will, man den ganzen Willen einsetzen muß. Ich glaube auch noch, daß vieles nur so zu erreichen ist. Und doch gibt es auch ein Gewährenlassen, ein passives Aktivsein, durch das vieles geschehen kann. In einer Welt des Machens ist dies schwer zu lernen.

29 *Erleuchtung* In seiner Kürze und Einfachheit ist dies eines meiner liebsten Gedichte in diesem Band. Ich erlebe oft, wie stark mich etwas Unbekanntes anzieht – sei

es geographisch, ein neues Gebiet, oder sei es innerlich, ein neuer Gedanke, eine neue Art, die Welt zu sehen.

30 *Anfangen zu leben* Ein Gedicht über die Hörigkeit des Menschen und die harten Konsequenzen. Fast jeder Mensch wächst innerhalb eines ideologischen oder religiösen Gedankengebäudes auf. Da gibt es viel, das prägend wirkt. Dabei gelingt es vielen dann nicht mehr, zu ihrem eigenen zu finden. Sie übernehmen das, was sie gelernt haben, aber sie sind darin nie wirklich zu Hause – und am Ende stand ich draußen, / vor meinem Leben / und wollte hinein.

32 *Ein Mann, wie andere* Dies ist eine Wirklichkeit, die ich mehr ahne, als ich sie verstehe – daß es eine Art von Stellvertretung gibt, in der manche Menschen besonders leiden und damit Einsichten gewinnen, die für andere wiederum sehr wertvoll sind. Oft leiden sie gerade an den unverständigen Menschen, die dann später von ihnen profitieren.

35 *Deutlich* Vielleicht suchen wir nach einem Verständnis der Welt, das zu einfach ist. Wir wollen etwas Endgültiges und merken dabei manchmal nicht, daß wir die Welt verzerren. Vieles redet deutlich zu uns, aber der Deutlichkeit ist das Mysterium des Lebens beigemengt – es gehört dazu, auch wenn manches dadurch nicht die simple Eindeutigkeit hat, die wir wünschen.

37 *Ein Verwandter in Norwegen* Olav Hauge, norwegischer Dichter, 1908 geboren.

38 *Das Geheimnis* Muß die Liebe, wenn sie sich überhaupt Liebe nennen will, nicht auch gerade das Wölfische am Geliebten irgendwie mit einschließen können?

40 *Heilige Handlung* Viele Dichter beschäftigen sich immer wieder mit dem Vorgang des Schreibens, weil es mysteriös ist. Schreibend spüre ich manchmal, daß ich einen besonderen Zugang zu der Welt habe.

43 *Die Wirklichkeit einer Regung* Mir scheint es oft, daß wir an uns selbst vorbeileben, weil wir nicht auf das achten, was sich in uns rührt. Wir nehmen etwas wahr, aber wir nehmen es nicht wichtig. Wenn wir so mit uns selbst umgehen, werden wir immer weniger fühlen und uns selbst fremd werden.

44 *Auch hier bin ich nicht sicher* Ich bin gerne in der Wildnis, weit weg von Menschen. Da kann ich noch eine Art Heilheit finden. Aber ich merke, daß die Zerrissenheit der Welt auch in mir ist. Ich finde sie darum überall vor.

45 *Leben, wie ein Laib Brot* Dieser Text ähnelt dem *Die Wirklichkeit einer Regung*. Es ist der Versuch, das Trennende, das, was zwischen uns und unser Leben gerät, auszuräumen oder es zu überwinden. Besonders in Nordamerika fällt mir immer wieder auf, daß viele Menschen ihr Leben so leben, als sei es eine Generalprobe, als käme die eigentliche Aufführung erst noch.

46 *Sie kettet sich an seine Liebe* Ein Text über die Gewalt, die von einem Menschen ausgehen kann, nur weil dieser über einen anderen Menschen verfügt. Es mag nie zu Gewalttätigkeit kommen, und doch ist das Leben geprägt von der Gewalt. Die Ironie ist, daß die Frau in dem Gedicht es mit sich selbst macht, sie kettet sich an seine Liebe.

47 *Keine Nachahmung* Über die Notwendigkeit, den ganz eigenen Weg zu finden und über den Glauben, daß wenn ein Mensch sich selbst näherkommt, er/sie sich auch anderen nähert.

50 *Einer für andere, unsichtbar* Aus unserem Kampf, nah der Verzweiflung, entsteht Kraft. Aus dem Leid des einen entsteht Leben für den anderen, in einer geheimnisvollen Verbindung. Wir gesunden an den Wunden. Dieses Gedicht ist verwandt mit dem auf Seite 33.

51 *Die weise Sprache der Dinge* Schon seit langer Zeit interessiert mich die symbolische Sprache um uns. Wir sind umgeben von der Weisheit des Lebens, aufbewahrt und gehütet von den Dingen: ein Laib Schwarzbrot, eine Libelle, eine Pflaume, eine Adlerfeder. Sie sprechen und erinnern uns an die großen Zusammenhänge.

57 *Einprägen* Ganz von selbst kommt die Gewöhnung. Vielleicht ist sie unser größter Feind, weil sie selbst das Schönste zerstören kann. Es ist darum immer wieder eine Entscheidung, sich die Herrlichkeit der Welt in Erinnerung zu rufen und sie in sich zu tragen.

58 *Adlerfeder* Im Sommer 1994 bin ich den Alsek mit einem Schlauchboot hinuntergefahren. Unterwegs haben uns immer wieder Adler beobachtet und wir sie. Mit 5 Jahren ist der Adler ausgewachsen. Erst dann haben Kopf und Schwanz die charakteristische weiße Färbung. Der Alsek ist da zu finden, wo Alaska, das Yukongebiet und British Columbia aufeinanderstoßen.

61 *Alchemie* Das von den Arabern nach Europa vermittelte Wissen um die Verwandtschaft und Veränderbarkeit zahlreicher Stoffe. So versuchte man besonders im

Mittelalter durch verschiedene Vorgänge gewöhnliche Metalle und andere Substanzen in Gold zu verwandeln.

62 *Die Türen des Herzens* Mary Oliver, amerikanische Lyrikerin, 1935 geboren.

70 *Aufbrechen* Manchmal ist nichts schwerer als aufzubrechen, das Alte und Bekannte zu verlassen. Aber es mag auch nichts wichtiger sein, als das zu tun. Aufbrechen, Ankommen, Aufbrechen, Ankommen: es scheint mir wie eine Urbewegung im Leben des Menschen zu sein, eine Bewegung, die uns lebendig und gesund erhält.

77 *Das Kind* Es ist wichtig, das Kind in uns zu finden, unsere Ursprünglichkeit und Direktheit.

78 *In den Wortbrüchen* Michelangelo Buonarroti, italienischer Bildhauer, Maler, Dichter, 1475–1564. Die letzten zwei Zeilen stammen von ihm und bilden für mich eine Art Verdichtung seines Lebenswerkes.

79 *3000 Abende* Es ist für mich eine häufige Tätigkeit, abends lange aufzubleiben und nach innen zu hören, um auf das zu stoßen, was mir einen neuen Durchblick im Leben geben könnte.

80 *Beides ist wahr* Auch in diesem Text steckt wieder die Spannung zwischen unserer Vergänglichkeit einerseits und unserem transzendenten Bezug andererseits.

83 *Brot* Wie stark leben wir doch von den Beziehungen, in denen wir stehen! Sie entscheiden oft über ein erfülltes, glückliches Leben oder eine Leere, die uns aushöhlt. Und doch scheint uns oft nicht bewußt zu sein, daß wir wirklich an unseren Beziehungen arbeiten müssen.

Inhalt

Die weise Sprache der Dinge

Im Glück der Erkenntnis

Ulrich Schaffer, geb. 1942, lebt als freier Schriftsteller und Fotograf in Burnaby/Kanada.
1961 bis 1970 Studium der Anglistik und Germanistik an der University of British Columbia und an der Universität Hamburg. 1970 bis 1981 Dozent für europäische Literatur an einem College bei Vancouver.
Autor zahlreicher Bücher, die ihn bei einem breiten Publikum bekannt gemacht haben.
Ulrich Schaffer ist verheiratet und hat zwei erwachsene Töchter.

2 3 4 5 99 98 97 96 95

Postfach 800669, 70506 Stuttgart, Tel.: 0711/788030
Umschlaggestaltung: Jürgen Reichert, Stuttgart,
unter Verwendung eines Fotos von Ulrich Schaffer
Autorenfoto: Jack Dykinga
Schrift: Comenius Antiqua
Gesamtherstellung: Wilhelm Röck, Weinsberg
ISBN 3 7831 1382 2

Ulrich Schaffer als Erzähler:

Von der kuriosen Begebenheit bis zur Science-fiction: Ulrich Schaffers Kurzgeschichten zeigen die überraschenden Schöpfungen eines originellen und lyrischen Erzählers.

Eine Landschaft, die Rätsel aufgibt und zugleich die Welt erschließt.

Die wunderbaren Fotos in diesem Bildband stammen alle vom »Colorado Plateau« und dokumentieren die große Liebe des Autors und Fotografen zu dieser Landschaft. Er schreibt über seine Reise: »In einer mir fremden Landschaft entdecke ich neue Seiten an mir, die hellen und die dunklen. Ich merke, wie sehr ich an etwas hänge, wenn ich es nicht mehr habe. Oder wie ich mit meiner Sehnsucht umgehe, wenn ich sie für Momente durch die Schönheit der Welt gestillt erlebe.«